I am Nana

I am Nana

I am Nana

歐 陽 娜 娜

Contents

INTRO

來不及作夢就長大了，
這是一本告別書，
捨不得告別童年，
但不得不說再見！

這也是一本回答書，
回答自己給自己的問題，
17 歲的答案，不知道未來會不會改變。

再見童年，
繼續勇敢，
做一個厲害的人！

1

I'm what I am

00 後，這個時代的人特別敢做自己，敢去表達自己的想法。
當然，這是我個人的見解，我覺得「00 後」就是比較勇敢吧！
我們敢一直堅持做自己想做的事情。
謝謝小時候那個願意堅持的自己，
也謝謝現在這個願意相信的自己。

現在心臟真的很大顆，但還可以更大！
算是訓練自己吧，很少人需要在這個年紀用到這個尺寸的心臟！
好希望自己能永遠像一個小孩一樣，不要長大，
但是有時候又知道自己身處在這樣的世界裡，要逼迫著自己快點長大，
這樣才會比較容易去接受那些不知道、不敢相信的事情。
所以一直很糾結。
現在看到很多人，他們年紀很大，但還是保持一個很純真的心，我不知道他們怎麼做到。
沒有辦法不長大，但希望自己可以一直保有純真善良快樂的心。
就是要做自己喜歡做的事情，這句話聽起來很簡單，但的確最重要。

媽媽從小就一直在告訴我們三姊妹：
「你們一定要找到自己喜歡做的工作，是那種你早上起來，就覺得好開心，我要去上班了，然後開開心心上完班，人家還給你薪水，人生沒有

比做自己喜歡的事，又可以賴以維生更好的事了。」

我是一個不容易委屈的人，我覺得自己是一個個性滿強的人，就算我委屈，我不會讓人家知道，我也不好承認我委屈，所以我沒有委屈。太容易委屈、太玻璃心的人不適合做這種高強度的工作，因為以後挑戰肯定更多，會有更多挑戰迎接你，所以要好好享受它，享受這些可怕的挑戰。

我對自己想做的事情滿清楚的，所以我不會因為這點小小不開心就不樂觀啊，經常委屈啊什麼的。

演戲和拉琴，這兩件事情是我最清楚自己要做的，我對自己的生活方式還挺清楚的，就是我想做的事情我就去做，不是說只為了工作而工作，為了拉琴而拉琴，你要真心去喜歡、去愛它，你要因為這些工作帶給身邊的人也好、粉絲也好，去影響他們，這其實很重要。

不管人家理不理解，我很清楚自己想要做什麼。

有時覺得自己會因為不自信、容易被別人的看法所影響。

有時覺得自己會太在乎身邊人的感受，並不是壞事，但會讓自己很累，所以多愛自己一點吧！

不用當一個 yes girl。

可以學會拒絕，學著做自己。

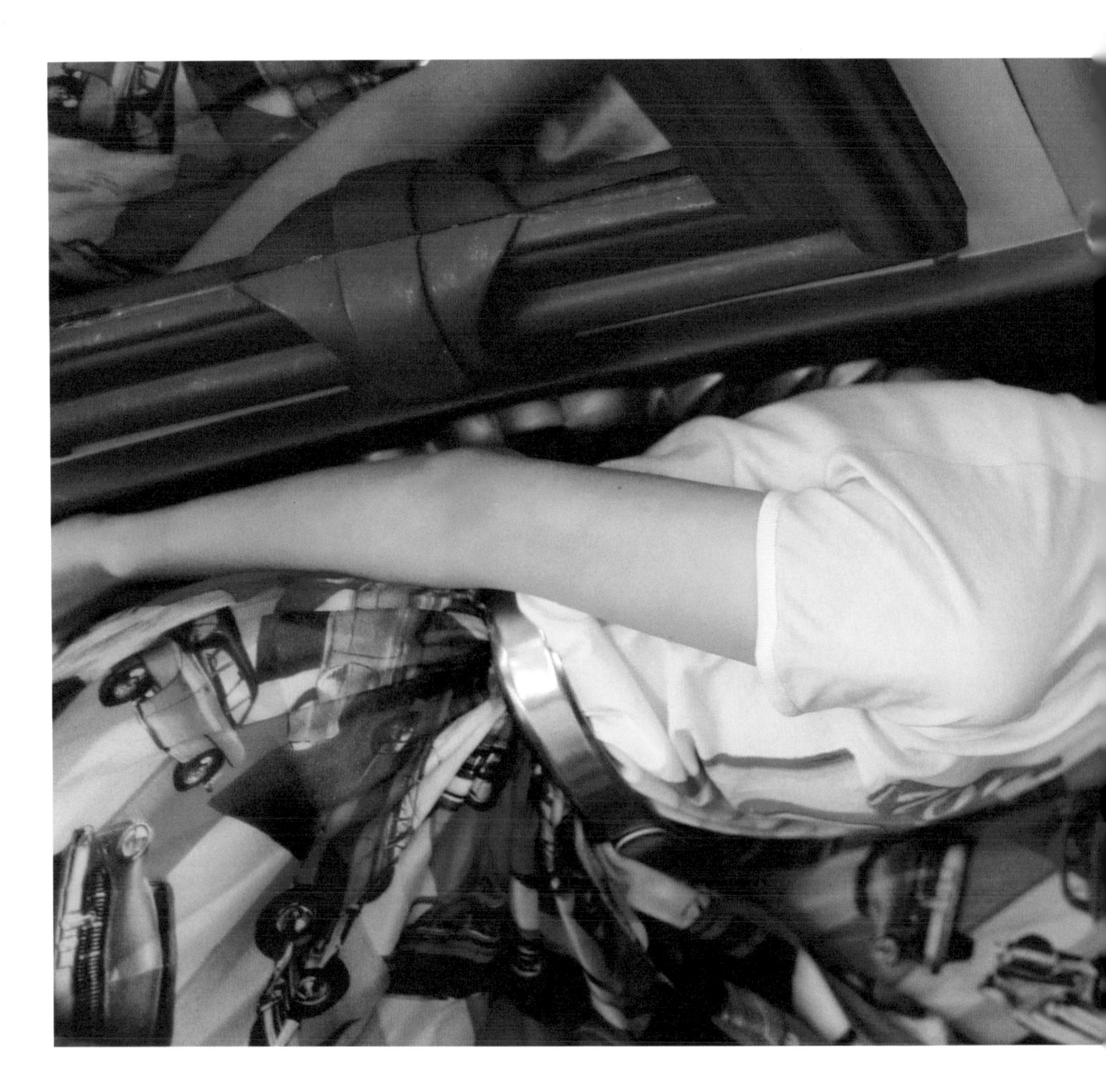

2

Gemini AB

我不是一個很直爽的人，有什麼事情，都藏在心裡。
現在的自己是一個想法比較多的時候，小時候都不會這樣，不知道是不是星座血型開始在一點點產生影響。
同一個問題，常常在我心裡會有四、五個想法，卻又沒法決定哪個是自己最想要的。

不知道是因為雙子座，還是 AB 型的緣故。
喜歡自己的不玻璃心，但也不喜歡自己的不玻璃心，矛盾嗎？
最喜歡自己不玻璃心的個性，很堅強，但又不喜歡自己太堅強。

記得有次和一個記者聊天，我隨口說到:「說不定五年之後就不幹這個了，跑去放牛也說不定！」
她驚訝的問我：「是隨便說說的吧？」
我回答：「不是啊，很有可能啊。」
她 ：「怎麼能夠放下現在這些好看的衣服、別人的注目？」
好看的衣服、別人的注目，其實倒還好，我想我真正害怕失去的，是我能做自己喜歡做的事。

我確實是一個比較壓抑的人，但同時我又是一個很樂觀的人，因為我是雙子座 AB 型，所以壓抑和樂觀可以同時糾結共存。

真的很有壓力時，但是可能隔天，我反而覺得自己的工作特別開心，就是特別開心但是又很有壓力，然後又壓抑自己。
我是屬於爆發型的人，我不會有一點小事就不開心，但我會累積，累積到我有重感情戲的時候再爆發出來。

每個人都是獨一無二的，但又都是平凡的。我不想選擇「在對的年紀做對的事」，有的時候大膽一點也未必不好，我也可以選擇常規的學習方式，但我也感恩自己還可以有別的更適合自己的選擇。
所有事和雙子座一樣都是雙面的，有好就會有不好，但自己的選擇更願意被自己接受一切好與不好的結果，畢竟那是自己的選擇。

3

Dreamer

我在幼稚園時，夢想當一個幼稚園老師，
這是我第一個夢想。
學鋼琴之後，我想當個鋼琴老師。
再大一點，我想當女的周杰倫。
八歲時我立志當一個大提琴演奏家，
十二歲，我又想作一個演員。
我覺得每個人都要有夢想，這很重要。
所以我覺得自己還滿幸福的，
都一直朝著自己的夢想前進。

現在十七歲了，如果現在你問我，當一個大提琴家還是你現在的夢想嗎？我會回答你，做什麼都不重要，重要的是當你在做那件事情的時候你要覺得快樂。
記者們最喜歡問我的問題，就是你喜歡拉琴還是演戲？我覺得，演戲的時候，是覺得離自己越來越遠，而拉琴的時候是離自己越來越近。
但是不管是拉琴還是演戲，我都感受到幸福，能做自己夢想喜歡的事。
感恩因為演戲而讓更多人認識我，因而有機會讓更多人認識我的音樂。

從小到大我對於「夢想」懷抱一個態度：
如果有個夢想，你就去做，不管會不會成功。
不努力，永遠不會成功，
而不做，永遠不知道結果。
懷抱夢想，勇敢的去面對自己的人生道路。

DREAMER

A dream is a wish your heart makes.

4

Old Soul

還記得是 12 歲時的一個訪問，記者問我，你覺得你現在是幾歲？
我回答說，「不拉琴的時候是 10 歲，拉琴的時候是 50 歲。」
我一直覺得我的身體裡住了一個 50 歲的老靈魂。

才覺得現在還是自己以後的小時候，
就到了要倒數自己的童年的時候了。
我覺得我的童年雖然很多人會覺得很辛苦或忙碌，但我自己覺得，要是我十年後回想起現在這一刻，應該會覺得我的生活很精采。

我做了很多很多事情，這些事情不一定是會影響到我一輩子，但是至少當我回想起來會覺得很快樂或是覺得五味雜陳。
可能很忙又很累，但是很開心又很享受。
目前我覺得我的童年很幸福。
有音樂又可以演戲，還可以到世界各地去演奏，到世界各地去看一看。

對我來說，可能我比一般同齡人更早接觸到這個世界，所以我可能要更快學會怎麼生存。
不一定是怎麼賺錢養活自己，應該是怎麼用好的心態去面對這個世界。
也不一定是很實際、很現實的東西。

有可能你賺很多錢，你工作很好，但是你沒辦法用好的心態在這個世界上好好活著，那麼就不是好的生存。
學會快樂的好好生存，應該是一輩子的功課。

我覺得長大都不是突然的，一定會有一個突破，我也會因為某些事情感覺自己從一個階段跨越到另一個階段。
這種跨越就好像以前做不到的事情，現在可以做到了；以前沒有瞭解到的事情，現在更瞭解了，或是以前老師給你說的事情你本來並不懂的，現在好像漸漸懂了，這種時候就會覺得自己長大了。
但我還是覺得自己是兒童，起碼不工作的時候，都會是一個兒童。

5

Music

小時候第一次參加大提琴比賽時，拉的第一首曲子，是孟德爾頌的《無言歌》。

小時候拉琴，開開心心的，好單純，每一個音符都甜得很直白，這些年來再拉，一點點聽出自己弓弦中的複雜層次，甜裡面可能有一些酸，或有一些苦之類的東西了。

琴音裡多出來的是生命的歷練，去不掉也回不去。

拉琴是這樣一件事情，去除技術層面的生疏與成熟，其實並沒有絕對意義上的好壞，一首曲子，即使拉了一輩子，重新抬起手臂預備拉出第一個音符時，那都像是生命裡第一次拉這首曲子。

我就是很單純的想要像小時候一樣，為了自己的喜歡而去做一件事。演奏家到最後可能就是為了演奏而演奏。但對我來說，我覺得我要為了享受演奏而演奏。

我現在也還想不清楚，我為什麼小時候這麼堅持練琴，可能冥冥之中音樂是撐著我到現在的，才能一直這麼安分、這麼努力去練琴。

記得特別清楚，我在練琴的時候樓下的小孩喊我，他們說：「娜娜下來跟我們一起玩啊」，我就說我不行，我要練琴。我有自己的東西要做，我有自己的功課要去完成。

David Geringas 是我最喜歡的大提琴家之一，我會喜歡上他是因為在荷蘭看他的現場演出。這場演出啟發了我很多靈感，那時候他拉了整組巴哈大提琴無伴奏，最後的 encore piece 則演了一首他拿手的曲子，他竟一邊拉琴一邊用腹語唱歌，聲音像天籟般的悅耳，整組表演對我來說是很特別的。

他是大提琴大師羅斯托波維奇的弟子，通常俄羅斯派的音樂都比較有衝擊力，但他的風格卻是非常細膩、富有感情的，讓我非常喜歡。

所以我在練琴時，也藉由思考他詮釋的方式激發出我在音樂上不同的想法。

2015 年我發行了第一張大提琴獨奏專輯《15》。音樂對我來說就是一直在我身邊的東西，就是坐飛機要聽音樂，化妝的時候也聽；洗澡也聽。古典音樂也是。

每年生日，都會舉辦自己的大提琴獨奏音樂會，更像是一個新的開始，每年的生日當天感受和想法都會很多，和喜歡自己的粉絲在一起過生日也會非常的開心。

我喜歡大家跟我說因為我愛上音樂，看見了我的努力讓他們也想變好，很幸福。

雖然現在練琴的時間沒有之前多了，但還是會隨時將大提琴帶在身邊，在演出或錄製專輯前還會閉關訓練，雖然過程很辛苦，但對待音樂與大提琴的認真態度並沒有半點打折。音樂永遠會是自己努力的方向。

之前音樂是我的工作，除了上學，所有的時間都在練琴，而現在它更像是我的朋友，朋友不是每一天都必須存在，但是我需要它或它需要我的時候，它就會出現，我們每天也會聊天。現在想想，如果我不懂音樂，不懂大提琴，我想我的生活會很無助。大家說音樂是一種語言，這是我完全相信的，你懂了別人不知道的語言，會覺得很幸福。

6

Student

踏入社會之後，才會覺得當學生是最輕鬆、最沒有壓力的時候，這幾年，我彷彿在上社會大學，在做實習生，在半工半讀。
回想起自己還是小學生的時候，多慶幸那個時候就選擇了音樂做自己的專業，國小音樂班的四年，和一群都愛音樂都傑出的同學們共同學習，我們彼此競爭卻又互相勉勵，我們看到彼此的努力更激勵自己不可以放鬆！沒有什麼比一起玩音樂更快樂的事了，因為他們，音樂上的樂趣更多了！

小六時，拿下了全國特優第一名和保送師大附中國中部音樂班，應該是我人生到現在為止最最開心的一件事！即使要冬天早上 5:30 起床跑步，即使要每天練琴八個小時，即使是家人出國但我不行，即使是別人可以玩但我不行，即使是必須向學校請假不能上學……但都值得了，這是我必須付出的代價。

上了附中的我，每天上學都好開心，學校好、老師好、同學好，我好開心好開心，我深深的以身為附中生為榮，但相對的，我練琴時間就少了，開心之餘我必須想清楚我要的是什麼？
2012 年 3 月底，媽媽帶著我去美國考試，準備了 7 個月的曲子和滿心的期待！第一眼我就愛上了那個像哈利波特電影中的學校，寇蒂斯音樂學院，我夢想中的學校，就在我的眼前！競爭的對手來自全世界，來自世界知名的音樂學校，耶魯、茱莉亞、漢諾威……幸運的我通過了第一輪、第二輪的激烈競爭，成為寇蒂斯年紀最小並唯一的台灣大提琴學生。
要做一個好的音樂家要先學會做一個好的運動員，必須要善用身上的大、小肌肉，和鍛鍊肌耐力，而如何突破肌肉的極限，如何突破體力的極限，付出大量的汗水與努力是必須的，為了克服技巧上的難題，最好的方法就是先超越自己的體能極限。而除了演奏技巧的訓練外，嚴謹的學習態度是重要的自我要求，用你喜歡的音樂家的演奏為標準去努力，媽媽說，把你的目標定在不可思議的高度，即使失敗了，你仍在眾人之上！

我是幸運且幸福的，能發覺並愛上自己所長，想想，大提琴造就了我的「特別」，我因為大提琴而變得「特別」，因為大提琴，有我喜歡的「特別」，也有我不喜歡的「特別」，有捨有得，不可能盡如人意，但我願竭盡一切努力，和我的大提琴共創屬於有著自己特色的聲音，歐陽娜娜的大提琴音樂，在世界的舞台！今日，我以附中為榮，希望有朝一日，附中也能以我為榮，我是 220 班，獨一無二的 10150101。

大提琴家和演員的身分都是表演者，大提琴演奏者表演出作曲者譜下的曲子，而演員，呈現出編劇導演設計角色的樣貌，但對我來說，演員在創作、設計的比例上要比演奏者佔得更多，演員在戲劇中演的是別人，被創造的另一人，在進行角色塑造中，除了編劇導演的原型，你必須重新消化創作出另一個「自己」，賦予生命給在演出時的那個「自己」，我癡迷於這種進入進出的感覺，在拿到每一個角色的興奮感，是非常難以形容的，腦子裡會有自己變成那個人的畫面、動作、對白、眼神，我覺得自己非常幸運，人生中除了真實的自己，還有機會扮演不同的「自己」。

而音樂表演者則是依作曲家的創作加上演奏者自我的詮釋，呈現當下的理解、當下的感受和當下的技術，情感、技術、經驗、人生歷練、心靈、情緒都會影響你的演出。

現在回想起來，小時候，老師每次給新曲子的興奮感，永遠不會忘記，我第一次拿到的協奏曲譜，海頓 C 的第一樂章，我是捏著它一路下課坐車回家，興奮得才出電梯就急忙遞給媽媽，你看，那種脹紅著臉的興奮，是在看新劇本和新譜時都會呈現的……

互相的影響是絕對的，我的第一部電影中的哭戲，是聽著小提琴大師帕爾曼拉的辛德勒名單，沒看過這部電影、沒聽過這首曲子，在耳機放上的 15 秒鐘，眼淚就一滴一滴的掉了下來……

而我人生中還沒有的許多經驗，透過戲劇，叛逆、傷心、戀愛、失戀、衝突、爭吵……帶給我的音樂更多的觸動和感受……

一般人可能覺得，當演奏者可能比較難，門檻比較高，因為真的必須透過很多練習才能演出，而演員比較容易，可以憑藉生活經驗，演出的門檻較低，但共通點是要做到好，做到最好，都很難、很難，音樂和戲劇都一樣，永遠都在追求完美，永遠沒有辦法具體的打分數，永遠也沒有 100 分，永遠可以追求更好，而這就是藝術 。

7

OK

OK，算是我的口頭禪，就是別人問我什麼問題，我就傳一個 OK，說不定也不 OK，但我就傳一個 OK 給他。OK 是我覺得我每天會說五十遍的一個詞。

有天翻手機看到這段不知道是什麼時候寫下的 note，
「當我負能量爆棚的時候就想打通電話……
喂？喂？欸……是正能量嗎？
你什麼時候回來陪我呀？
喔？還要一個月嗎？
好好好……我等你……
那你快點好嗎？
嗯好……拜拜……」

不知什麼時候開始有了這個習慣，不開心的時候，把它寫下來，終有一天，它就會過去了……

而如果有個銀行，在我不開心的時候，可以馬上借點快樂出來，那該多好，也提醒我們，平常多儲蓄，才不會要用的時候沒有，我相信愛越多的人越不容易被擊倒。

我常常把自己的生活比喻成一座一座山，

我們不會一直在山頂上，想要爬得更高就得先跌倒谷底，才有空間再爬上另一座更高的山。

世界上沒有什麼事是一定的，但現實總會給我們一些打擊……可是要告訴自己沒關係，時間會讓我們看淡一切，只是多久而已。

加油，別把每一天當同一天過，有時候有壓力是好事，如果你一直覺得過不了就會過不了，這個時候要相信自己，把好的情緒好的能量都吸引過來！告訴整個宇宙一定能的！

你可以的，相信自己。

忙碌是好事，很多人想忙碌還沒辦法呢！努力的人一定有機會成功！

很多時候我也會覺得孤獨……自己的煩惱沒有人懂……放鬆一下……

要記得這個世界還有很多能容納自己的位置的……不經歷這些讓自己不開心的事，是沒辦法長大的，別給自己太大壓力，不開心就多跟自己聊天，想想自己想要的是什麼。

相信自己，做了決定以後就不要後悔，自己選的路就要開心自信的走完。

我也有追星，我的偶像給我帶來了很多音樂上的動力⋯⋯我覺得有一個偶像是好的，能讓自己朝那個目標去努力，給你能量，但也要適當的追星⋯⋯以不影響生活的標準去追星是最好的吧。

給辛苦練琴累了的你，腦子想清楚了問題在哪再練，腦袋和手要同步。一起加油！

每天的工作也是挺忙的，經常加班，但自己很享受⋯⋯一定要找一個自己喜歡的工作，如果自己天天做的工作都是自己不喜歡的，那活得實在是太累了⋯⋯

感謝那些嘲笑你的人，把嘲笑化為動力，努力證明自己。

一個人在外面努力，肯定有壓力的，但有壓力是件好事，要讓自己，愛你的家人、情人為你感到驕傲。
我覺得人要堅信不管現在此刻過得好不好，經過時間和努力 一定會越來越好的。

開心也是一天不開心也是一天，讓自己開心的繼續努力吧！加油！

Рубчинский

Гоша Рубчинский

ГОША РУБЧИНСКИЙ

Actress

I'm 劉星陽

曾經有個人問過我一個問題，他說你會演戲是因為你喜歡拍戲還是你喜歡演戲，12 歲的時候其實也是機緣巧合下就演了《北京愛情故事》，我覺得一開始可能更多喜歡的是拍戲，就覺得拍戲真好玩，我喜歡很多人在一起的感覺。

劉星陽是我第一個扮演的角色，是個會拉大提琴的女生，因為宋歌，這個劉星陽第一次牽牽手的男生，所有在北京的回憶應該都是美好的。

I'm 陳薏蕎

我的第二部電影是《破風》，一個十五歲的天才機械工程師。

因為這部戲，我發現我喜歡的是演戲，喜歡去做另一個人，去瞭解另外一個人的生活，去創造另外一個人，去演出一個跟自己不同的人。

I'm 張星澤

《美好的意外》我演一個性格叛逆的青春期女生，這部電影中，我人生中的第一次叛逆應該就發生在這部電影中。

真實生命中沒有做的事，透過另一個自己來呈現，是過癮又有趣的。

I'm 鹿小葵

拍《是！尚先生》時，是我人生到現在為止最累的 2 個半月，我必須完成 28 集、531 場戲，這對我來説是一個極大的挑戰，我不只第一天就得進入角色，而且必須即刻就有不同心情轉換，才拍完第 1 集的 15 場、接下來要拍的是第 22 集的 18 場、一會又跳到是 7 集……你必須隨時有清醒的頭腦，知道每一集每一場彼此之間的關係和之前發生的事件，這時候，練琴反而是我最放鬆的時刻，我珍惜著每一天可以剩下的練琴時間，在這段時間裡，反而是我最專注練琴的時候，因為時間不多，所以必須專注。

我非常感謝《是！尚先生》鹿小葵這個角色給我的這個機會，讓我在極短的時間內清楚的感受到角色的進出，和創造一個不是自己的角色是多麼有趣，戲快拍完時，還真會捨不得和鹿小葵説再見。

I'm Nancy

聊到對於角色的選擇，我自己還是偏重感性的部分，讀到好的故事就會有興趣去演。當然有時候與角色的緣分也非常重要。在拍攝成龍大哥的電影《機器之血》時，我第一次接觸了大量的動作戲，原本以為自己完全不可能會演打戲的我，在嘗試之後竟然覺得非常有意思，以至於到現在都念念不忘。

I'm 于池子

《秘果》這部青春電影，講述高中生怎樣開始自己的初戀，因為我的小伙伴們都是道地的北京孩子，所以我經歷了一個字一個字的糾正，一句台詞一句台詞的磨合，一遍又一遍的反覆，把我的腔調徹底改變。

于池子這個角色她的個性特別活潑可愛，但其實她有很多小心思，甚至有一點點小陰暗，想得特別多，這一點其實跟我挺像的。因為想要給她一個不一樣的感覺，我特別為于池子這個角色剪了劉海。

感恩自己在生命中有了一次又一次扮演另一個人的機會，每一次從開拍前的課程訓練、角色設計、與對手交流對戲，開工前的恐懼、不確定，忘不了自己的第一場哭戲，100 多個臨時演員等著你在公車上流眼淚的哭戲……和戲裡的媽媽吵架被打耳光……跳水到覺得自己快溺死的恐懼……這些點點滴滴的過程，都是我的學習，我的挑戰，我的創作，我的成就……我渴望想要成為一個演員，我渴望扮演創造一個又一個不是自己的角色。

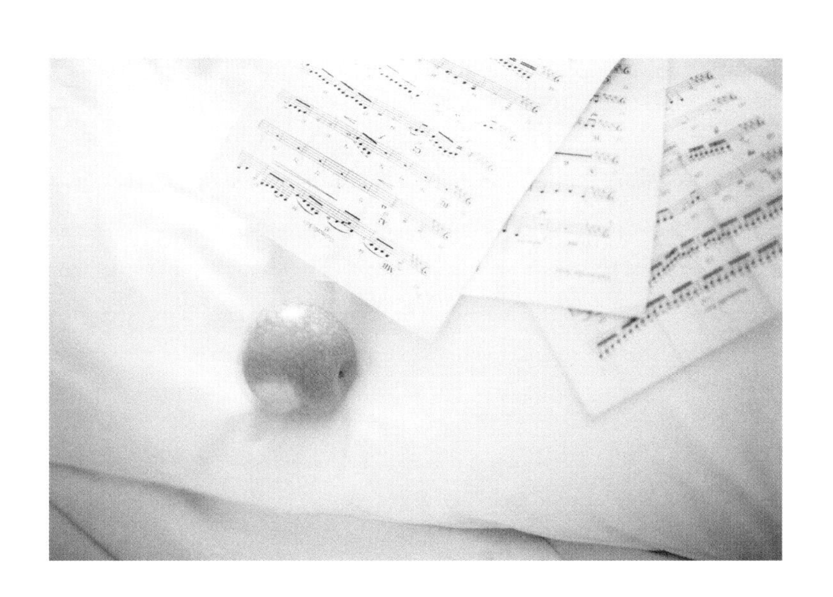

9

Crying

小時候是家裡出了名的愛哭鬼，哭到每一把琴上都有一堆淚痕。

我原來在家裡練琴的房間是正方形的，窗戶可以看到山，我每天在正方形的小房間重複、反覆的練琴。

每天有人回家就把這扇門打開，看到我哭就默默走開，每一個人都是這樣不敢打擾我。

媽媽進來看一下我，還在哭啊，就關起來了。但我在哭的時候也是一邊在拉琴的，我不會停下來專門哭，永遠不會浪費那個時間。

以前拉琴拉到哭的故事數不完。總會碰到挫折，總會有一個門檻過不去的時候，哭不是委屈，是很氣自己，怎麼會練不好？

這麼簡單怎麼就是過不去？

人家都拉得到，為什麼我不行？

長大了遇到的事情多了，就越來越不願意哭了。

人生中遇到的第一個風暴，應該就是世人紛紛議論著我為什麼要休學？

本來是自己的一個決定，卻引起了軒然大波……

那個時候正好在錄偶像來了，大家的感情都像彼此的親人般，

對我是無盡的支持，

永遠也不會忘記，最後一次偶像來了的錄影，

在第 6 站的上海，上海灘黃埔江的船上，

涵爸爸宣佈，「得到今天這個皇冠的是青霞阿姨從小看著她長大的，娜比。」沒辦法忍住眼淚的我立刻哭了起來，這是我此生得到的第一頂皇冠，永遠也忘不了的皇冠！
那也是我到現在為止最後一次除了演戲之外在眾人面前的哭泣。
那一年，我 15 歲。

拍《秘果》的時候，需要一個演員表現喜怒哀樂的花絮，喜怒樂表現完之後，最後一個是哀，我不知道為什麼，我以前可能沒辦法那麼快速地把自己的情感爆發出來。但是當我發現壓力越大或是壓抑越多的時候，當你要表現出自己不開心的情緒，都累積在工作上面，會特別有用，那天哭得特別好。

現在拍哭戲的時候，常常就可以立刻哭出來，彷彿一次可以把一年該流完的眼淚一次流完，覺得特別過癮。

不知為什麼以前是個愛哭鬼小孩的我，可以變成現在那種連自己跟自己在一起，都不能讓自己看到自己哭的人，常常在飛機上看電影，看到非常感動，都會告訴自己，不能哭，要把眼淚忍住……也許，這就是成長要付出的代價。

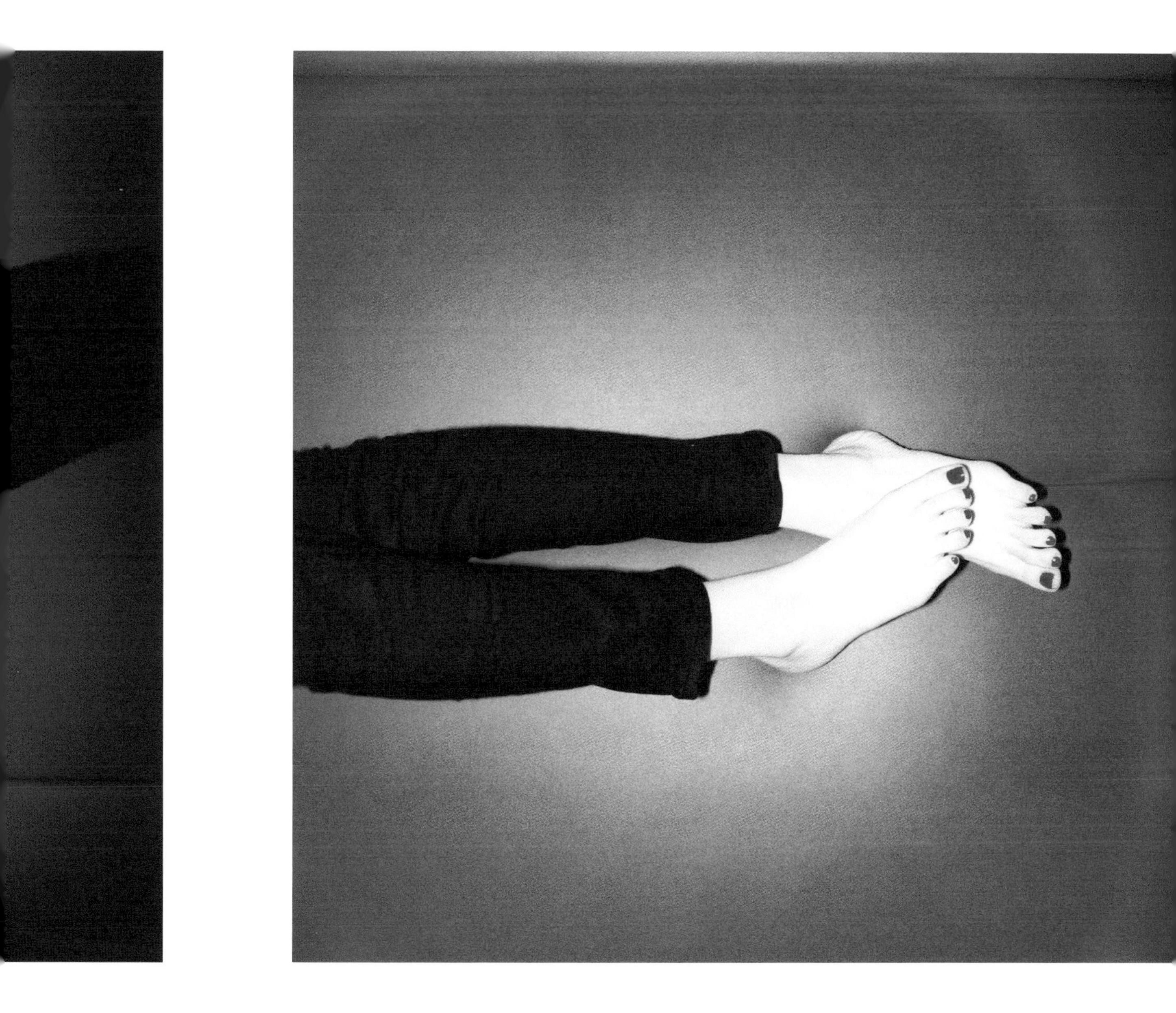

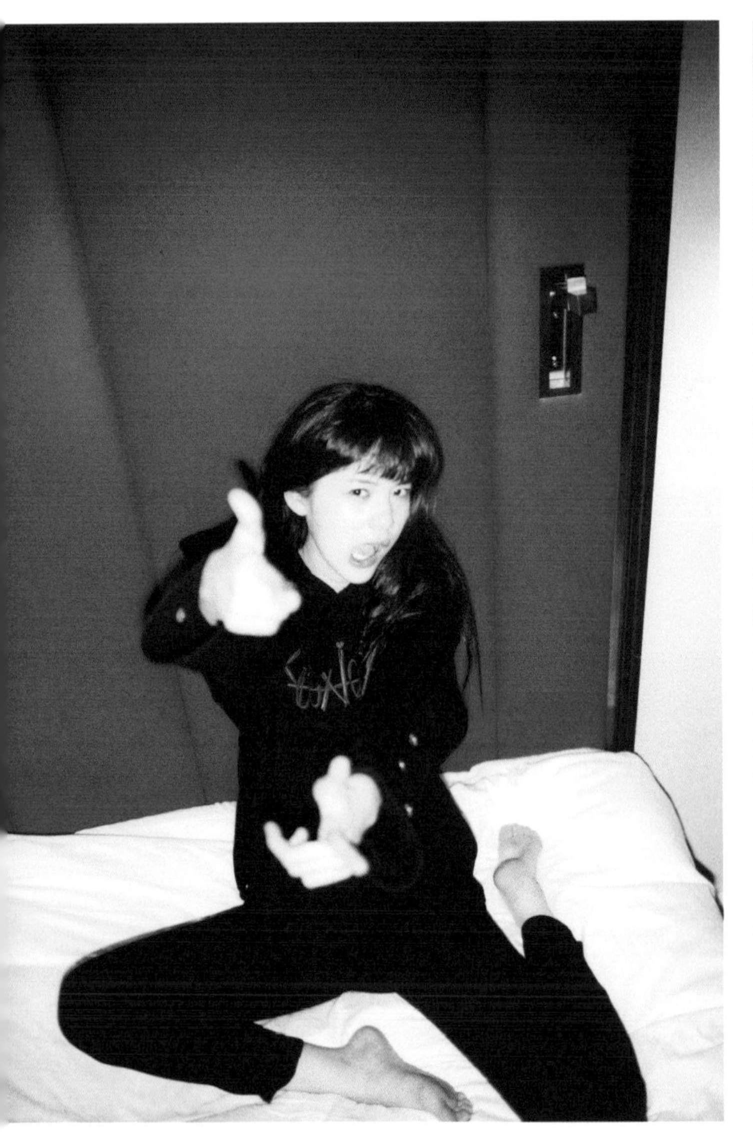

10

Fighter

兩年多前我選擇離開學校靠近這個成人世界，其實每一年每一個月每一天我都在想很多問題，我都問我自己到底快不快樂。
外界肯定會有外界的想法，我能接收到各種各樣的聲音。
但我內心的聲音，我聽得更清楚。

我是一個承受力量很大的人，這跟我學音樂有很大的關係，從小被罵到大，每次上課一定會被打擊回來，自己覺得練得已經很好了，不對，老師就覺得你練得不好，挫敗感突如其來。
所以從小心臟已經是在壓力中變強大的。

很多人問我會不會有放棄的念頭，只要是我想做的事情，我不會給自己放棄的理由。

而如果讓我不去做我自己想做的事情，我也不期待任何人的理解。

要趕快把握時間，踮起腳尖去看看後面的路，不會被區區評論打倒，把你弄得好像你覺得不能再工作。
演技好差，靠父母，不好好拉琴，長得很醜……這樣的言論不會把我怎麼樣的。自己內心對自己有認知，真正愛自己的人對自己有期待，電影來了，電視劇來了，唱片專輯錄音，我照常接下來，我不會因為別人說了什麼就怎麼樣。

我曾在臉書上寫著：「謝謝小時候那個願意堅持的自己，也謝謝現在這個願意相信的自己。」有人說，若非擁有極大的心臟和勇氣，有誰能接住種種來自外在的惡意！

對，雙子座 AB 型的我，現在心臟真的很大顆。
但還可以更大！
這算是訓練自己吧，很少人需要在這個年紀用到這個尺寸的心臟吧！

Fighter

No Cross , No Crown.

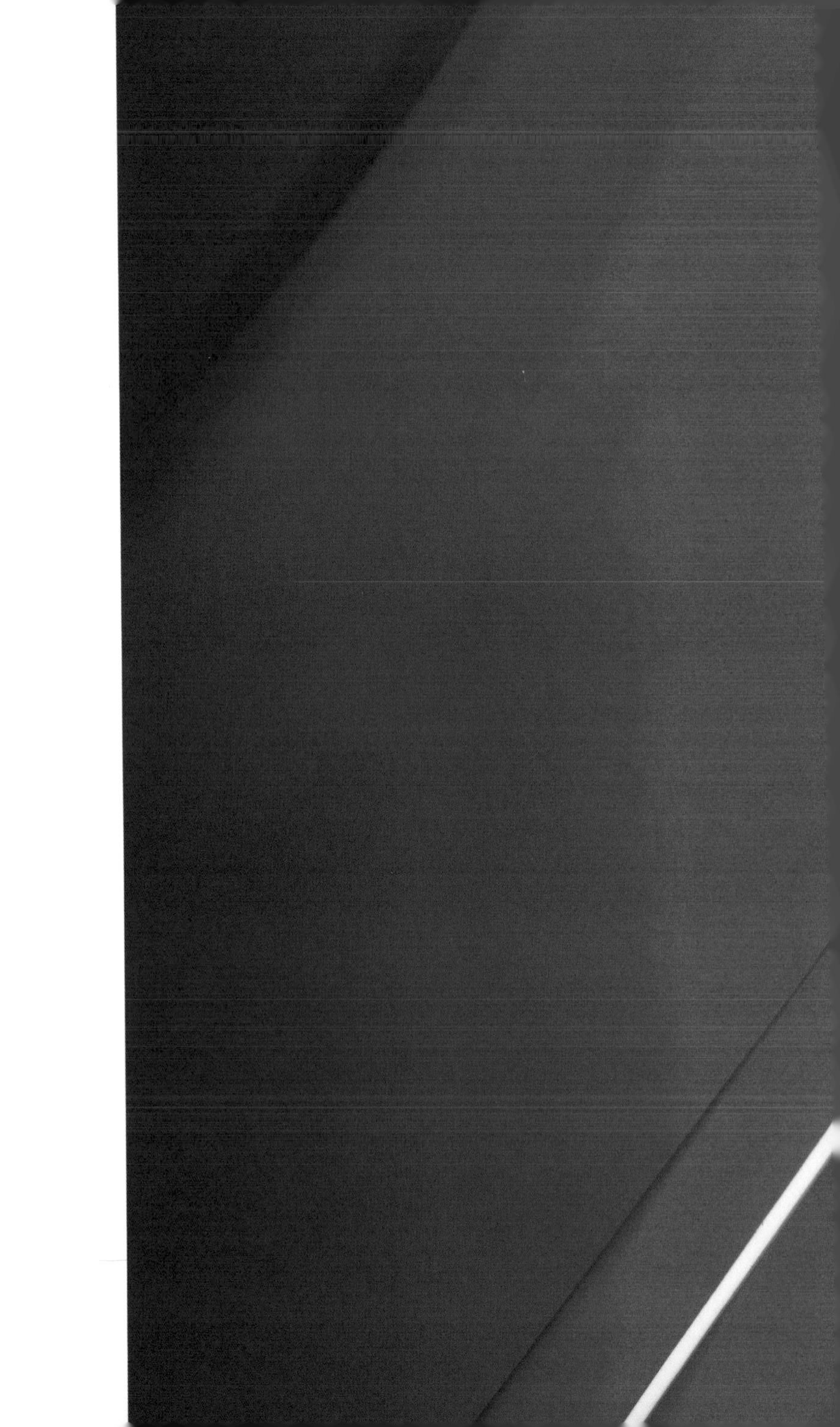

VER

VER

11

Courage

我只不過是想要努力生活而已，
從我真正的自我之中來的一些啟示相一致而已，
為什麼竟會這樣地艱難呢？
覺醒的人，除了追求自我，活用自己的真正生命之外，別無其他義務。
在這世界上，再也沒有比去走一條別人已為你鋪好的路更乏味的事。

赫塞
徬徨少年時 Demian

如果可以頒一個「最佳勇氣獎」給我，應該是可以頒給 15 歲的自己的。Curtis 的 2 年，是我人生中一段美好的回憶，即使寒風刺骨揹著琴走路上學摔跤的記憶都是甜美的。
決定不回 Curtis，接受環球唱片給我的合約，是覺得留下來可以做更多喜歡想要做的事，而也越來越明白，自己 12 歲時無意中對陳思誠導演的回答是，「我不想我的生命中只有大提琴」，我愛音樂、我愛我的大提琴，但不表示我不可以做別的。

算是我自己的選擇吧。其實也有一些好朋友會勸我：「你改年齡吧，你把自己改得大一點，煩惱相應就會少一些」。我曾經也感到疑惑，為什麼沒有人把我當成小孩看，為什麼你們要這樣辱罵我，而且我們根本就不認識。

但這是我自己的選擇我就要為它負責，為它去努力。我不能說因為我的未成年，那麼我做了別人可能看不順眼的事情就要怪罪到「未成年」身上，因為這就是我，這就是我的年紀。

但是未成年就出來工作、追求自己的夢想，真的有什麼不對嗎？在追尋夢想的過程中，你認為應該一帆風順嗎？所以我在追求夢想的過程中遭到全網謾罵也不算什麼。是我自己選擇在大學畢業之前出來冒險，所以這就是我要為冒險做的犧牲。

入社會工作了近三年，我身上的標籤越來越多。

以前我只有一個標籤，因為當時我只有一個身分。

現在我既要做好一個演員，又希望以演奏家的身分和大家分享音樂。

你們知道我可能是因為鹿小葵，也可能是劉星陽，但她們都不是我，縱然我身上的標籤很多，但我本人卻沒有特別大的改變。

我本身非常在乎外人對我的看法，但我也知道很難去左右他們的意見。

我只是希望他們試圖去給我貼標籤的時候，也嘗試稍微去瞭解我，而不是說你看了某一部劇的某一個剪片，你就覺得我是一個腦殘。

怎麼樣才算碰壁，你說演一齣連續劇大家討厭這叫碰壁嗎？我反而覺得遇到挫折是一件好事情。因為我知道我就算爬上了一個山頂，也還是永遠會一直掉下來再爬上去。
如果不掉下來，你就一直在這個山頂上面，到不了另外一個山頂，所以碰壁也算是一步一步在前進，都是很順其自然的事情。

覺得有成就嗎？現在回想起來這幾年，算是有吧！我覺得已經有一小部分了。不管是心理層面還是實際上的，都至少有一個基礎。
我唯一能保證的，就是在做自己喜歡的事情。但我不知道這種「喜歡」能持續多久，說不定過個兩三年，我突然想做一個建築設計師，我就會往那方向發展。
但是這一刻我只知道，希望自己永遠在做喜歡的事情，然後把正能量帶給所有我認識的人，或是愛我的人，我愛的人。
人的一生如果活到 80 歲，那也只有 29200 天，珍惜在地球生活的每一天，分享、夢想、愛、生活與學習，做最好的自己！

COURAGE

Courage doesn't mean you don't get afraid. Courage means you don't let fear stop you.

12

kindness

長大後才越發明白，善良和做一個好人才是自己人生中最大的追求，感恩父母、親友和粉絲們的愛讓自己成為一個心中有愛無所畏懼的人，在遇到困難挫折時有面對的勇氣，成為不害怕的勇士，而可以不斷的努力追尋自己的夢想。

寫給媽媽的一封信

不知道該怎麼開頭，第一次認真的要寫一封信，給自己最熟的人，說真的，還有點彆扭。

每年母親節，你的生日，都是我最煩惱的時候，因為不知道送你什麼，你說你什麼都不需要，什麼都有了，我想想也是，我覺得你最需要的就是好好休息，好好睡覺，因為你醒著在忙我們全家的事，睡覺時也睡不踏實，也在想等會醒了要處理什麼事情。辛苦你了……這句話是最俗也是最簡單的一句話，但我卻沒好好跟你說過。真的是到長大才知道，只有家人會無怨無悔不求任何回報的對自己好，但正值青春期的我，對任何人都好，也從不任性耍小脾氣，但……只會對你兇，這個我不得不承認一下，有時候我也想，為什麼人總對最愛自己，老對自己最親近的人兇呢？（以上潛台詞為……對不起）

其實我遇到不開心，不順的時候我第一個想到的都會是你，但我卻從來都不對你說，可能我也是隨了你的個性吧，從來不輕易掉淚，不與任何人分享自己的煩惱，什麼事都藏心裡，跟小時候的我相反，記得小時候常常給你寫信，寫愛心紙條，告訴你我的開心、不開心、煩惱、失落……但隨著時間，越來越忙，這種用紙筆交換心情的機會越來越少，甚至越來越沒時間能好好聊天，說我愛你的次數也越來越少了，所以寫這封信也是藉著這個機會好好對你說說我平常說不出的話。

你說過……你捨不得我 17 歲了，因為馬上家裡就只剩一個妹妹是未成年。其實我也不想面對，我希望自己能永遠躺在你懷裡，永遠有依靠，不用自己承擔任何事，不用懂得太多，不用去用成年人的思維去處理事情，我想永遠做你的 little girl，但我知道該是時候換我來給你分擔壓力，照顧你的時候了。

謝謝 17 年的陪伴，這 17 年總是你陪我，希望我能快一點長大，能夠做到我陪你。

真感謝當我還在天上做小天使的時候，選了你做我的媽媽。我真是個幸運的小女孩。

最後我想說，媽，你可以偶爾不那麼堅強，你可以不只有媽媽一個角色，你也可以只是你。希望有時候可以多想想自己，而不只是照顧我們，你的肩膀借了我 17 年，接下來好多好多年，我的肩膀給你靠。

你放心，（雖然這句話沒用，因為媽媽會為自己女兒擔心一輩子的，就像婆婆擔心你那樣）但我真的想讓你放心點，就算我遇到多少煩事，遇到多大的困難，我都會想著有你在給我支持，多大的事我都能走過去。

我和于池子一樣，像一條魚，嚮往大海。不管未來有多麼波濤洶湧，你在哪裡，平靜和安心就在哪裡。

放心吧……放心吧……我會努力游向更深更遠的大海裡去。

願我能做一個像你一樣的好人。（這才是我的終極人生目標，大提琴家、演員、是其次）

P.S. 不知道下一次給你寫信是什麼時候了，哈哈哈要我這麼矯情也是不容易……

I love you

KINDNESS

Kindness is a language the blind can see and the Deaf can hear.

13

Unique

大提琴家和演員的身分都是表演者，
大提琴演奏者表演出作曲者譜下的曲子，
而演員，呈現出編劇導演設計角色的樣貌。

但對我來説，演員在創作、設計的比例上要比演奏者佔得更多，演員在戲劇中演的是別人，被創造的另一人，在進行角色塑造中，除了編劇導演的原型，你必須重新消化創作出另一個「自己」，賦予生命給在演出時的那個「自己」，我癡迷於這種進入進出的感覺，在拿到每一個角色的興奮感，是非常難以形容的，腦子裡會有自己變成那個人的畫面、動作、對白、眼神，我覺得自己非常幸運，人生中除了真實的自己，還有機會扮演不同的「自己」。
而音樂表演者則是依作曲家的創作加上演奏者自我的詮釋，呈現當下的理解、當下的感受和當下的技術，情感、技術、經驗、人生歷練、心靈、情緒都會影響你的演出。

大提琴家和演員身分之間互相的影響是絕對的，前面提到過我的第一部電影中的哭戲，是聽著小提琴大師帕爾曼拉的辛德勒名單，沒看過這部電影、沒聽過這首曲子，在耳機放上的 15 秒鐘，眼淚就一滴一滴的掉了下來……

而我人生中還沒有的許多經驗，透過戲劇，叛逆、傷心、戀愛、失戀、衝突、爭吵……帶給我的音樂更多的觸動和感受……

在大提琴家與演員之間取得平衡這真的是一個很難的功課，總是在跟時間賽跑，但我好像從小到大也一直在這樣的狀況中長大，學校的功課和考試，練琴和比賽，我的姊姊曾說她覺得我沒有童年，但我覺得我有啊！我的童年就是大提琴，你可以覺得我犧牲了玩樂、犧牲看電視、電影的時間、犧牲了和朋友 hang out 的時間……但我覺得好值得，我得到了可以享受在臺上演出的能力，到現在我都還會在心中時常感謝那個小小的、願意一直關在琴房練琴的小娜娜。

謝謝你的努力，才有今天的我。

UNIQUE

Life is a wonderful journey.

Make it your journey and not someone else's.

And always remember that you are absolutely UNIQUE just like everyone else.

14

Fans

偶像的力量

「出道」至今，唯一做過的一個後悔的決定，是為了一個工作，錯過了自己最愛的愛爾蘭男歌手 Damien Rice 的演唱會。

在很多很多最不開心的時候，幾乎都是他的歌陪自己度過去的。

有任何負面的東西和我想安靜或是我想開心的時候，聽他的音樂都是好的，都會好。

我也是有偶像的，不管是古典音樂方面或是生活中的偶像。

前段時間去了美國科切拉音樂節，看了自己偶像 John Mayer 的演出，就興奮了好一陣子。

自從自己有了偶像之後，覺得是一個很正能量的事情，當你的生活中有一個目標的時候，你會朝他努力，不管你跟他是不是一個領域的。

所以我希望我的粉絲看到我，就像是我的偶像帶給我的那樣感覺。我們為了創作而生，為了夢想而努力。

每年生日，我都會舉辦自己的大提琴獨奏音樂會，這對於我來說更像是一個新的開始，每年的生日當天感受和想法都會很多，和喜歡自己的粉絲在一起過生日也會非常的開心。

為什麼大家會懼怕古典音樂？

因為覺得進音樂廳要穿得好好的，不能講話不能拍照，我想讓大家知道，大提琴也是可以用玩的。

今年夏天我就 18 歲了，生日那天我還是會要辦一場音樂會，和之前每一年一樣，但今年我想要任性一回，不要那麼多框框架架，特別想要做什麼，我想唱什麼歌我就唱，我想彈吉他就彈吉他，想拉琴就拉琴，很放鬆的，讓我的家人朋友和粉絲們都能享受在音樂中的自在。

我想謝謝一直以來支持我的家人，朋友，娜鐵們……

我想 6 歲的自己，一定沒有想到會有這麼多人能聽到我的音樂，可能甚至連想都沒想過自己能辦一場演奏會吧……到現在超過 100 場了，像夢一樣，感謝不遠萬里和如約見面，感謝所有鼓勵和陪伴。

我不知道自己會繼續多久，就算最後只有一個聽眾，我也會拉下去。

而最後那一個聽眾……永遠會是我自己，因為我希望拉琴……是一輩子的事。

謝謝聽見，更謝謝遇見。

15

Ready

這幾年時間真的過得太快了，快到我都來不及招架。很多人問我會不會想放棄，沒有任何的事情想讓我放棄，讓我不去做我自己想做的事情。我也不期待任何人的理解。

我已經和我的同齡人都截然不同了，當然我會失去很多當小孩子的感受，每天上學做一樣的事情，坐地鐵跟朋友出去玩，這些經歷我實在沒有，想像不到。那就把這個大冒險繼續玩下去好了，遊戲難度一直升級，我才會越來越強不是嗎？

當學生很安逸，很幸福，但我要感謝的是我有選擇，我可以留在學校，也有選擇去看這個世界，我當初選擇了離開。其實不走這一圈，我也永遠不會知道我真正想要的是什麼。

你會發現你要學的東西更多，因為時代一直在變，以前我只知道我想要做一個很厲害的大提琴家，現在不一樣，有責任了，要去影響樂迷和聽眾，所以要去學更多東西豐富自己，要回歸最真的自己。

就做好自己的事情，其他的剩餘老天安排，我可以交到什麼樣的朋友，見到怎樣的世界。

我知道很多人也為我擔心，有好的路為什麼不去走？或者有安全的路為什麼不去走？但是我的人生是自己的，想要怎麼過，自己可以決定。快樂地過、精采地過，就沒有什麼遺憾，就算做錯了很多事情，到最後都會是對的。

學校就像一個加油站，到一個程度離開再去看這個世界，然後再回去加油都是來得及的，學習也不只是在學校，我在這幾年學到的東西，是遠遠在學校裡學不到的。

快樂地過、精采地過，就沒有什麼遺憾，就算做錯了很多事情，到最後都會是對的。

娛樂圈的工作我覺得很難用物件或事件來比喻説到底是什麼樣的收穫，但是收穫還是很多的，更多的是心裡層面的吧。

不管是拍戲、拍雜誌啊，就從一點都不會拍照到現在很喜歡拍照；從不知道演戲、拍戲是什麼樣的一個狀態到現在挺喜歡拍戲的，雖然還是會緊張。

拉琴也有改變，可能情感更豐富一點，

因為拉琴跟演戲一樣也是需要一個經歷、經驗的累積，你會更有感情。

出道三年，我覺得對自己的態度方面或對自己人生的看法大多是真的有成長的。

因為工作性質的關係，很多地方是逼著我一定要去成長，不然我可能在這個圈子裡面沒辦法好好的生存。

就是自己的心態要調整得特別好，生性樂觀，我活得很開心，所以沒有太大的問題，我覺得開心比什麼都重要，因為只要你有開心的底在，你會為了你的工作努力，你會不顧一切的去進步；你會很開心的去享受自己的生活。再來就是有任何的議論、不好的批評，你都用樂觀開朗的態度去面對。

這幾年的風波比較多，心也不那麼定，但一路走過來，我漸漸覺得自己不那麼在乎外界怎麼看我，覺得我拉琴拉得好不好，或者是我夠不夠專業，能不能稱為一個演奏家，拉些什麼曲子……這些都不那麼重要，重要的是我每一次在台上是不是享受的，我的音樂是不是能帶給喜歡我的人感動，現在往往在心情特別不好的時候、特別累的時候會特別想練琴，常常在心中特別特別感謝那個小時候小小的娜娜，謝謝你小時候有認真的練琴，才能讓現在的我有如此的依靠與享受。

希望自己永遠在做喜歡的事情，把正能量帶給所有我認識的人，或是愛我的人，我愛的人。

16

Traveler

在微博上有一個話題叫做 # 歐陽娜娜在地球旅行 #，話題中記錄著我去到的世界上的各個角落。

希望去的地方越多越好，這大概是我的終極目標吧。其實我的工作讓這件事情變得容易了很多，跟著工作我就可以去到世界上不同的地方。

目前為止最喜歡的地方是南法，而喜歡的原因則是因為去之前完全對那個地方沒有期待。可能因為沒有期待，所以到了以後發現的所有的東西都是驚喜吧，覺得那裡特別美，甚至想過是不是老了以後可以搬過去住。

我是屬於那種比較「懶」的類型，到了目的地就會馬上進入完全放鬆的狀態，怎麼舒服怎麼來，也不會著急一定要去著名地標「打卡」。出發之前準備了很多好看的衣服，到最後卻因為嫌麻煩而在旅途中一直穿針織衣和運動鞋。

我也特別想在旅途中拍好看的照片，但是最後總是做不到。

其實很多地方都想去，但是還是覺得沒有預期是最好的，沒有預期才能發現更多的可能性和更好的結果。

2017 年 6 月，我發行了第二張大提琴演奏專輯，在這張專輯中我不僅用大提琴演奏了十首迪士尼經典的動畫電影配樂，更是親自獻聲演唱了一首歌曲〈夢的天空〉。

因為這次專輯與保加利亞的樂團合作，因此我也第一次去到了這個之前從來沒有想過會去的國家。
保加利亞是一個很小的南歐國家，如果不是因為工作原因，我真的覺得可能我一輩子都去不到那裡，想想這真的是滿神奇的。

而最近讓我印象最深刻的是到英國 Bristol 的一個小郊區去坐熱氣球，這應該也是我一輩子都忘不了的景象。我記得當時天特別冷，早上五點起床出門，穿得也不夠厚，就覺得怎麼這麼早啊，大家又特別累還要去坐熱氣球，也沒有想像到上面會看到什麼樣的景象。但真的升空的那一刻，會發出感嘆「哇，每一個人、每一個房子、每一條路都變得這麼渺小」。而且我是俯視，就像以「神」的視角去看這個世界，就會發現原來覺得很大的事情，在坐上熱氣球後，就會覺得地球這麼大，其實所想的事情是那麼的渺小，一點煩惱都不算什麼，突然就豁然開朗。

過去我很不適應一個人的生活，也許是出生在一個熱鬧歡樂的家庭中，日日有爸爸媽媽、姊姊妹妹一同生活。可是工作了之後，越來越喜歡一個人待著。平日裡越是被眾人圍繞著，鬆下一口氣就想自己和自己相處一會兒，發發呆。

一年多全球旅行，也讓我多了另外一個「壞習慣」，已經不太習慣住家裡，反而習慣住酒店。即使回了台北工作，也會和劇組說，給我個房間吧，我就住在劇組好了。
這種趨向「獨處」的轉變或許多年前就沉埋在我的潛意識裡？
我在不斷旅行的「獨處」裡很自在。
因為能自在地做自己。

18 歲要完成的三個心願：
1． 考駕照開車。
2． 剪頭髮。
3． 來一個說走就走的旅行。

17

Happy

16 歲最美好的記憶是拍了一部自己好喜歡的電影，我是于池子，我喜歡段柏文。

我其實是羨慕池子的，有一個可以喜歡、想到他就會笑的人真好。

給池子的一封信

Dear 池子

明天就是你要公開和大家見面的日子了，此刻心中忐忑與不捨交雜著……

好希望大家喜歡你，去年 16 歲生日的前夕，因為鹿小葵我被炮轟了一年，哈哈！整整一年持續到現在……

我其實滿害怕大家因此而不喜歡你，甚至不想認識你，那天翻到了一個微博，是這麼寫著：

「給同事看《秘果》，剛拿出海報，同事瞥一眼，說我不喜歡歐陽娜娜！

OK ！話題終結者！

其實我想問，陳飛宇帥不帥

然後我問，為啥不喜歡歐陽娜娜，

她說因為那個什麼劇。我說，我也不喜歡，但我沒看過，她說，我也沒看過。」

好想和他們說，不要這樣好嗎？
給個機會認識一下我們，也許不是你想的那樣？
在此要深深地感謝雪漫姐，謝謝雪漫姐沒有因為我是榜上「演技差第一名」而不敢用我，否則我也沒有機會扮演你。
第一次見面時，雪漫姐就告訴我：
「你就是我心目中的于池子，我對你有信心，戲一開拍，你就一定會于池子上身。」
但戲快要開拍前，我的壓力來了，先撇開被大家質疑的演技不談，只要想到我的腔調，誰會相信我們是一起長大的青梅竹馬？我下定決心要為這個角色去努力，我下定決心不能丟雪漫姐的臉……

我承認我是先愛上了這個故事，才愛上你的。現在想想，對你的愛好複雜，有喜歡、有討厭、有生氣，喜歡你的天真，對喜歡的人的執著與勇敢付出，討厭你竟然因為嫉妒而做出那樣的事……
生氣你的自以為是，更不能原諒你做錯事還讓人背鍋……
為了這些，歐陽娜娜和于池子不停的打架、交戰……
但也真的因為你，我有機會過了一下任性叛逆的癮，被打了 9 次巴掌，對人怒吼，摔東西，摔門，這都是我在生活中沒體會過的。
而美好的是，誰有你那麼幸運，竟然身邊有一個這麼帥這麼好的青梅竹馬，有一個心中喜歡的人真是作夢也會笑笑的……

我也好好的感受了一下暗戀的辛酸與甜蜜，多麼的美妙在我的人生中體驗了你的 17 歲，再見了于池子，才剛過完了你的 17 歲，我也開始了我的 17 歲，說真的，我也期待真有一個像段柏文這樣的男生出現在我的生命中。

謝謝你進入了我 17 歲的生命，給我的 17 歲留下了一個最美麗的記憶……

我也不知道結果會什麼樣子，但比起票房我更在乎口碑，希望大家能看到我們每一個眼神裡，都是反覆努力、推敲的結果。

我知道大家也依舊會批評我的不足，但我依舊覺得這是我 17 歲的禮物，不管是遇見於池子，還是遇見這些可愛的朋友們。希望電影能被很多人看到，捨不得於池子，但很開心看到她能在 17 歲的青春裡裡永遠的留在電影《秘果》裡。

18

I am Fine

來不及叛逆就長大了
再見 17

回顧了自己的 17 歲這一年……
還記得剛滿 17 歲時的生日願望，
是希望自己這一年可以活得像個孩子，
因為 17 歲是未成年的最後一年了……
但相反的，
今年我領悟到自己不再是個小女孩了……
我發現自己再也不是那個吃多少都不會胖的女孩，
我發現自己再也不是那個沾到枕頭就能呼呼大睡的女孩……
我還是那個遇到挫折會先冷靜的人……
也是那個面對困難願意微笑的人……
只是可能讓去年的我失望了……
這一年，
童年的最後一年，
沒能活得像個小女孩……

但此刻的我卻很滿意，
我挺感謝我今年經歷的大小事，
讓我離自己的遠大理想，又近了一些。

這一年做了很多事，

上映了兩部電影……

在一個月內完成了 15 場音樂會……

到美國 Nasa 演出……

完成了兩檔節目……

拍了一部連續劇……

我感覺自己每一天都在長大，

每一天都去到不同地方做不同的事情，

可是唯一不變的是一天結束以後躺在床上想的同一個問題，

自己快樂嗎？

這個答案不會只有快樂和不快樂兩個答案，

有時候快樂也不快樂有時候不快樂也快樂，

想來想去就延伸了後續 100 個質疑自己的問題。

我想，這就是生活最大的動力吧，

期待每天問自己那一些不會有答案的問題。

也是因為這些問題讓我知道自己正在成長，

不是那個每天發生什麼都快樂的自己，

但我相信發生的每一件事情都有它的道理，

只要我一直不停的做自己想做的事情，

那就是對的。

我告訴自己人生只有一次，
不必看別人的感受去揣摩自己的人生，
遇到選擇，談不上對與錯和適不適合，
做一個對得起自己的人就好，
其他就留給自己去感受，
和體驗這個世界帶給我的一切。
這個世界本來就不完美，
你想要得到什麼就得要失去一點什麼……

18 歲的我，還是會繼續否定自己……
終有一天，我會忘了所有青春期的煩惱，
做一個最普通的大人，去迎接成年人的思緒，解決成年人的矛盾……
但希望我還會擁有和 17 歲一樣的喜怒哀樂，
希望我能一直開心、隨心的面對人生。
繼續做最　好　的　自　己。

致 平凡的也是最不平凡的 17 歲

Life isn't about waiting for the storm to pass, it's about learning to dance in the rain.

生活不是等著暴風雨過去，

而是學會在風雨中跳舞。

送給在暴風中一路長大的娜比。

（謝謝你們的話語和鼓勵，我們要一直勇敢）

平裝本叢書第470種
迷FAN148

國家圖書館出版品預行編目資料

I am NANA / 歐陽娜娜作. -- 初版. -- 臺北市：平裝本, 2018.06
面；　公分. --（平裝本叢書；第470種）(迷FAN；148)
ISBN 978-986-96236-4-3(平裝)
855

歐陽娜娜

I am Nana

作　　者—歐陽娜娜
發 行 人—平雲
出版發行—平裝本出版有限公司
台北市敦化北路120巷50號
電話◎02-2716-8888
郵撥帳號◎18999606號
皇冠出版社(香港)有限公司
香港上環文咸東街50號寶恒商業中心
23樓2301-3室
電話◎2529-1778　傳真◎2527-0904
總 編 輯—龔橞甄
責任編輯—小調編集
美術設計—好春設計・陳佩琦
著作完成日期—2018年4月
初版一刷日期—2018年6月

讀者服務傳真專線・02-27150507
電腦編號・419148
ISBN・978-986-96236-4-3
Printed in Taiwan
本書定價・新台幣420元／港幣140元

I am Nana

I am Nana

Nana I am Nana I am Nana I am Nana I am Nana I